METEOROLOGIE
OV
L'EXCELLENCE
de la Statuë
DE HENRY LE GRAND,
esleuee sur le Pont-neuf,

Auec vn Discours au Roy, & quelques
Eloges François & Latins sur
le mesme subiet.

Le tout par D. L. C. TH.

Presenté au ROY.

In magno labor est : & labor iste
grauis.

*

A PARIS,
Chez IOSEPH GVERREAV, ruë S.
Iacques, à la Nef d'Argent, deuant
S. Benoist.

M. DC. XIV.
Auec Priuilege du Roy.

Au Lecteur.

AIANT depuis peu de iours acheué mes estudes de Theologie, ie m'amusay, à l'enuy de quelques autres, durant ce mien loysir, à dresser ces Discours & ces Rimes à l'honneur immortel de la Statuë de Henry le Grand, esleuee nouuellement sur le Pont-neuf; sans aucun dessein de les mettre sous la presse: ains seulement pour esgayer mon esprit, aux heures, qui me relaschent d'vne estude plus serieuse. Mais il est arriué qu'en ayant fait part à mes amis, ils en ont iugé le rencontre assez heureux, & m'ont sollicité par plusieurs fois de les mettre en lumiere. Ie desire que tu croies, que i'ay eu bien de la peine à m'y resoudre : car deslors que le iugement me donna quelque cognoissance des affaires du monde ; ie feis le mesme vœu au Dieu viuant, que faisoit autrefois Pericles à Iupiter, qu'il luy pleust de ne point permettre que quelque chose mal à propos, sortit de mon cœur ny de ma bouche : & pour ce auec beaucoup de resistance, en fin vaincu par l'importunité & les prieres de ceux de qui i'honnore les commandements: ie guinday les voisles à cet ouurage, pour le faire voguer en pleine mer. Ie sçay bien qu'il meritoit vne

A ij

plume plus exercee & plus delicate que la mienne ; ie
ne puis m'excuser de trop d'audace, d'auoir, chetif
Cherile, parmy tant de Lisippes voulu mettre la main
à la Statuë de ce braue Alexandre. Excuse moy ie
te prie : & si maintenant i'entreprens par dessus mes
forces, vn iour quelque action plus releuee te pourra
satisfaire. Ce qui se faict par outrecuidance ou trop
d'ambition merite vn reproche, non ce qui procede
du deuoir, de l'obeissance & de l'obligation que nous
auons à ceux qui ont tout pouuoir sur nous. Ie
n'ay point dessein par ce petit labeur, d'en receuoir
quelque prix ou quelque estime plus grande ; mais
seulement ie te coniure, Amy Lecteur, que si
tu trouues quelque chose qui soit à ton goust, tu la re-
çoiue d'aussi bon cœur que librement ie te l'offre ; si
au contraire : accuse moy plustost de franchise, que de
temerité : Et d'y auec la mesme modestie, ce que dict
autrefois le sage Socrate, apres auoir leu le liure d'He-
raclite, ce que i'ay entendu est fort bon, ie
croisle mesme, de ce que ie n'ay peu comprendre, & te souuienne du dire de Solon, en
choses grandes, il est bien difficile de plaire à
tous.   A Dieu.

IN SYCOPHANTEM.

Si vocites nugas : hæ nugæ seria ducent,
Cùm magis expectus: quod male fac meliùs.

DISCOVRS
AV ROY,
SVR
LA STATVE DE
HENRY LE
GRAND.

IRE,

Ce grand Alexandre, l'honneur de la Grece, & l'effroy de la terre, feist autre-fois responce à Darius Roy de Perse, qui desiroit pacifier & s'accorder auec luy: que comme deux Soleils ne peuuent luire dans le ciel, que de mesme il estoit impossible que deux Roys peussent regner dans le monde.

Ie ne sçay, si la fatalité du sort mesnageant

l'occaſion du départ de V. Majeſté hors de
voſtre ville de Paris, retraitte ordinaire de
vos Predeceſſeurs, & l'ancien ſejour de nos
Roys; y a faiƈt aborder auſsi toſt l'image &
le Pourtraiƈt de ce Roy tant admirable
HENRY LE GRAND, voſtre treſ-cher
& treſ honnoré Pere: affin que durant voſtre abſence il nous eſclairaſt par ſa lumiere,
& gouuernaſt en voſtre place cette grande
ville, qu'auec plus juſte tiltre que cette an-
cienne Rome, ie puis appeller vn monde
tres perfaiƈt, puis qu'elle contient dedans
ſon enclos, tout ce qui ſe retrouue dans la
vaſte eſtenduë de cet Vniuers: comme vn
Cercle perfait qui ſera compris dans la cir-
conference d'vn plus large & plus eſtendu.

Et pour ce, incontinent apres ſon abord,
cette ville qui a touſiours eſté treſ-prompte
à ſeruir & honnorer ces Roys; plus obligee
mille fois à celuy-cy, que ne fut Thebes à
Pelopidas, & Athenes à Thraſybule, pour
leur auoir donné la liberté: conſeruant in-
uiolable le ſouuenir des faueurs ſingulieres
& des graces nompareilles, qu'elle à receuës
de ce bon Prince, qui l'obligent à jamais
d'aggrandir ſon honneur, & d'honnorer ſa
memoire: comblee de joye & de lieſſe,
toute pleine de reſiouiſſance & d'applaudiſ-
ſements, eſleua cette belle ſtatuë, au lieu

le plus digne de fa grandeur, & le plus fortable à fon merite: qui comme vn autre Serpent d'Airain la doit deffendre & preferuer de la morfure veneneufe des ennemis de fon repos: pour commander deformais à celle qu'il a reftablie par fa valeur, conferuee par fa bonté, & renduë par vne munificence du tout Royalle, la plus belle, la plus fameufe & la plus floriffante ville du monde: l'ayant trouuee toute de brique, & l'ayant laiffee toute de marbre.

Mais cet honneur, SIRE, ne vous doit donner aucun ombrage. Ce Roy de bronze qui gouuerne en voftre abfence, ne doit point retarder voftre retour, tant defiré d'vn chacun de nous. Ce Soleil qui luit en voftre place, ne doit point empefcher que vous ne veniez promptement dans le ciel de voftre Louure; pour de la efclairer toute la France, & eftendre les rayons de voftre pouuoir par tous les coings de voftre Empire.

Cet honneur fe rend à la memoire de HENRY LE GRAND; mais, qui comme voftre Pere bien-aymé, eft plus jaloux de voftre gloire, que de la fienne propre. C'eft vn Roy; mais de bronze, qui par l'exemple de fes vertus immortelles, vous aidera & conduira en l'adminiftration & en la regence de voſtre Royaume. Il eſt armé; mais pour vous conſeruer & deffendre par le ſeul renom de ſa valeur inuincible, de l'oppreſſion des enuieux & des ennemis de cet Eſtat. Il eſt à cheual; mais pour marque de ſon genereux courage, & pour eſtre plus prompt à voſtre ſecours.

Il eſt eſleué au principal endroict de voſtre ville capitalle; mais affin de maintenir touſiours en voſtre obeiſſance, celle qu'il a racheptee de la main des eſtrangers, par le prix de ſon ſang, retiree du chaos de ſa ruine & de ſa perte par ſa proüeſſe & par ſa valeur, conſeruee, embellie & enrichie par ſa clemence, par ſes bien-faicts, & par ſes liberalitez. Il regarde l'eau & la terre, & ſemble commander à tous les deux, mais pour vous faire vn iour recognoiſtre Seigneur de la mer, & Souuerain Empereur de toute la machine ronde.

Bref c'eſt le Pourtraict de voſtre Progeniteur, poſé à l'aſpect de voſtre Louure: mais pour vous conuier à ſuiure l'exemple qu'il vous a laiſſé, imiter ſes grandes & vertueuſes actions, & marcher aſſeuremēt par le chemin de la vertu qu'il vous a frayé le premier. C'eſt l'image de noſtre Eſculape, & de noſtre Reſtaurateur, mais pour nous aduertir tacitement, qu'en reuanche

des

des obligations infinies que nous auons à
fa memoire, nous deuons employer nos
corps, nos biens & nos vies pour maintenir & conferuer à l'encontre des malueil-
lans l'authorité fouueraine, & le pouuoir
legitime, qu'il vous a laiffé. Image tellemēt
emprainte & engrauee dans les cœurs de
vos bons fubjects, que jamais il n'ont peu
reçeuoir aucune finiftre jmpreffion au pre-
iudice du zele & de l'affection, qu'ils doiuent au feruice de voftre Majefté.

Retournez donc, SIRE, & venez voir
ce bel Aftre, qui nous à efclairé durant la
nuict de voftre abfence; eftant comme vne
Lune qui luit au deffaut du Soleil. C'eft vn
Soleil vrayement : mais vn Soleil Couchant, qui apres auoir efclairé tant fauora-
blement l'Emifphere de ce monde, eft paf-
fé dans le ciel pour y luire en toute eternité.
Vous eftes fon Orient, qui luifez apres fon
coucher, *en l'Occident du Pere nous adorons*
l'Orient du fils : nous honnorons le Soleil
couchant comme la caufe & l'origine de
ce nouueau Soleil; mais comme les Perfes
nous n'adorons que le Soleil leuant.

Venez donc, ô Diuin Soleil, affin que
Paris vous adore, & vous rende l'honneur
que vous meritez : venez efpandre les rayons de voftre prefence fur ce petit monde,

B

déſ-jà tout langoureux, pour auoir eſté priué ſi long temps de vos Royalles influences. Et à voſtre arriuee, ô grand Roy, receuez d'vn bon œil, & ayez pour agreable ces petits Diſcours & ces Rimes malpollies, qu'vn eſprit obligé, animé d'vn ſainct zele, & d'vne affection louable enuers ſon Prince, a oſé addreſſer à voſtre Majeſté ; & mettre en lumiere ſous l'abry de voſtre nom. C'eſt le premier eſſor de ma plume, les premiers eſſais de mon eſprit & les premiers fruicts de mon trauail : qui ſeront cy-apres plus doux, plus delicieux & de meilleur gouſt, ſi par voſtre bien-veillance ordinaire vous les bien - heurez du doux aſpect de voſtre preſence, & leur faittes ce bien de les receuoir ſous l'ombre de voſtre protection : que ſi le Ciel eſt ſi fauorable à mes vœux, & vous à mes ſouhaits, ie n'auray beſoin de ſacrifier à la peur, comme les peuples de Lybie, & à l'enuie, côme Caius ; vous ſerez comme vn autre Pſyllien qui me preſeruerez de ces poiſons.

Vous iugerez peuteſtre mon entrepriſe trop hardie, trop temeraire, & trop onereuſe pour de ſi foibles eſpaules. Il euſt poſſible eſté requis, que l'induſtrie de l'ouurier reſpondit au merite du ſubiect : i'aduouë, que la deffiance que i'auois de mon

pouuoir, me faisoit perdre l'asseurance de
mettre la main àvn ouurage, qui desesperoit
ma force: mais voyant vn Carideme sim-
ple soldat, esleuer aux riuages d'Eufrates
les trophees d'Alexandre: vn César se res-
iouir de la grande hardiesse de Ceso pauure
villageois, qui planta les siens au milieu du
champ de bataille, apres la victoire de Phar-
salie contre Pompee: ayant plus d'esgard à
mon deuoir qu'à ma suffisance, i'ay prins la
hardiesse, bien que le moindre de vos sub-
jects, d'exalter les triomphes de ce grand
Roy vostre Pere, & dresser ces trophees à
l'immortalité de son honneur & de sa gloire. Me persuadant qu'à cause du subiet vous
leur ferez vn bon accueil: puis que ie n'ay
autre dessein, que d'offrir aux pieds de vostre grandeur, la Statuë d'vn grand Roy:
qui ayant durant sa vie rendu la terre sujette
à ses loix, & apres sa mort par sa seule ombre maistrisé les eaux: commande maintenant à l'vn & à l'autre, & triomphe de tous
les deux.

A vous, dis-je, qui retournant de ce
voyage, enuironné de couronnes, de
palmes & de lauriers, comblé d'honneur &
de gloire: trióphez victorieusement, comme vn autre sainct Louys, des mouuements
qui s'estoient sousleuez au detriment de vo-

ftre authorité Royalle ; Laquelle, ie prie la diuine bonté, pour tefmoignage de mon zele & de mon affection à voftre feruice, ne pouuant rien d'auantage pour le prefent, qu'elle la maintienne, conferue, augmente & accroiffe de iour en iour.

Crefcat occulto velut arbor æuo.

Pour le bien & le foulagement de vos fubjects, & pour le contentement de celuy qui fera toute fa vie,

De voftre Majefté,

Le tref-fidelle & trefobeïffant fubject,
D. le Conte Th.

AV ROY.

STANCES.

VOVS deuiendrez vn iour, grand Prince,
    inimitable,
Tref-heureux, tref-puiſſant, & de tous admirable.
En conformant vos faicts & vos mœurs, au niueau
De ce Pourtraict ſacré, du feu Roy voſtre Pere;
Et ſuiuant les conſeils de voſtre ſage Mere.
L'vn vous ſert de Patron, & l'autre de pinceau.

Ces deux vous formeront la merueille des Princes,
Et feront ſous vos loix ranger maintes Prouinces.
Car Dieu qui luire en vous tant de vertus verra,
Du Pere la valeur, la force & la Clemence:
De la Mere la foy, le zele & la Prudence,
Et vous & voſtre Empire à iamais beniera.

B iij

L'EXCELLENCE
DE
LA STATVE DE HENRY
LE GRAND, ESLEVEE SVR
le Pont neuf.

E n'eſt pas d'aujourd'huy que les Images & les Statuës des Princes & des Roys ont eü quelque prix & quelque eſtime parmy le mon-de : nous ne voions autre choſe dedans les cendres de l'antiquité, nous n'entendons parler dans les hiſtoires que de celles qui ont eſté dreſſees, a l'honneur des Dieux, des grands Monarques, & meſme de ceux qui ſe ſont rendus ſignalez par quelque œuure celebre & merueilleux, ou bien recommãdables par leurs belles & louables actions.

Et cette inuention, à mon aduis, n'a eu autre deſſein en ſon commencement, que d'hônorer & recompenſer en quelque maniere les perſonnages vertueux, immortaliſant le loz & le renom de leurs vertus pluſtoſt admirables, qu'imitables en la memoire des hommes : Et nous en propoſer l'exemple pour nous ſeruir de guide, nous inciter & nous eſmouuoir à ſuiure leurs reſtiges, marcher

par les fentiers raboteux & les chemins difficiles,
qu'il nous ont frayé, affin de paruenir auec eux par
la voye du trauail & de la vertu, a ce beau temple
de l'honneur & de la gloire.

Car les ames bien nées & genereufes s'expo-
fent à mille dangers, franchiffent mille hazards &
fur-montent mille difficultez, conduictes & pouf-
fees feulement de l'efpoir de la gloire & de l'honneur, l'Or qui n'eft que terre, plus purifiee que la
cômune, les richeffes qui retournent en terre, font
pour les hommes, qui n'ont en l'efprit que les va-
peurs de la terre, l'honneur feul eft pour les Dieux
& pour ceux qui par leur vertus en approchent de
plus prés.

Mais d'autant que nous fommes corporels &
& que les chofes fenfibles nous efmeuuêt d'auantage que les intellectuelles, & entre les fenfibles
nous apprehêdons mieux celles que nous voions:

Segnius irritant animos &c.

& que la vertu en foy eft purement fpirituel-
le; fi belle neant-moins & fi aggreable, que lors
que nous venons à la côfiderer auec les yeux d'vn
efprit efpuré, elle nous rauit en fon amour, nous
embraze de fon defir, & nous enflamme en fa
pourfuitte.

C'eft pourquoy affin que plus facilement nous
foions efleuez en fes contemplations, les Images
& les Statuës des hommes Vertueux font propo-
fees deuant nous, affin que faifant reflexion fur le
prix, le loz, le merite, & l'honneur qui prouient de
la Vertu, nous la recherchions & pourchaffions
fans ceffe, à leur exemple: la careffant & luy faifant l'amour, comme au trauers de ce voifle & de
ce nuage.

Or entre toutes les Statuës des anciens, dont nous auons quelque memoire : l'eſtime fort les trois, que l'on r'apporte, du Grand Alexandre, & ſuis bien ayſe de faire ce rencontre, affin qu'ayant à parler de l'excellence du Pourtraict d'Henry le Grand, le plus grand Roy que la terre ayt iamais porté; Ie luy mette en paralelle les Effigies de celuy, qui à eſté l'honneur de ſon ſiecle & l'eſtonnement de ſes nepueux.

La premiere eſt celle que feiſt Lyſippe le ſtatuaire, tant priſee du depuis, ayant figuré cet Alexandre appuyé ſur vne lance, la face tournee vers le Ciel, comme luy meſme auoit accouſtumé de regarder, tournant vn peu le col, naturellement recourbé ſur vne eſpaule, qui donna ſujet d'y mettre ce bel Epigraphe.

Ce Bronze eſtant d'Alexandre l'Image,
Iettant à mont les yeux & le viſage,
A Iupiter ſemble dire, pour toy
Garde le Ciel, car la terre eſt pour moy.

L'autre, eſt l'Image de ce meſme Empereur, que feiſt le peintre Appellés, tenant vn foudre en main, ſi naïfuement peint & au vif, qu'on diſoit que des deux Alexandres, celuy qui eſtoit fils de Philippes eſtoit inuincible, & celuy, d'Appellés inimitable. La troiſieſme qui n'a eſté qu'imaginee, eſt celle qu'vn certain Architecte nommé Staſicrates ſe propoſa de faire du mont Athos : Celuy cy, venant trouuer Alexandre, aprés auoir meſpriſé toutes ſes Images ſi perfectes & tant admirables, diſant que c'éſtoit trop peu de choſe à ſon régard, ne pouuant monſtrer l'Ecellence de ſon merite, ny figurer ſa grádeur tant puiſſante, & ſa puiſſance tant ſouueraine : Il luy dit, que luy plus genereux

reux

reux,il auoit projetté de faire fa ftatuë d'vne matiere viue, qui auoit ces racines immortelles & fa
grauité immobile,affin de reprefenter en quelque
maniere vn Roy fi puiffant, qui maftrifoit & com-
mandoit à tout le monde : Et pour cet effect qu'il
auoit deffigné le mont Athos, qui eft en Thrace,
montaigne d'vne tres grande eftendue & d'vne
merueilleufe hauteur, donnant fept lieues d'ombrage, qui fe pouuoit facilement accommoder en
forme humaine ; & qu'eftant taillee & formee de
la façon, elle pouuoit eftre nommee à bon droict,
la Statuë digne du Grand Alexandre,qui de fa baze
toucheroit la mer, & en l'vne de fes mains embraf-
feroit & tiendroit vne ville,habitable de dix mille
hommes, & en la droicte vne riuiere perpetuelle,
qu'elle verferoit d'vne cruche dãs la mer, Alexandre ayant entendu ce deffein,loüant la grandeur de
cette entreprinfe & la hardieffe de ce project , luy
refpondift : L'aiffe-la Athos en fa forme & en fa
place,le mont de Caucafe, les montaignes Emo-
diennes,la riuiere de Tanaïs , & la mer Cafpienne
feront les Images de mes faicts.

Que fi maintenant,Peuple François,nous vou-
lons fondre vne Statuë digne d'Henry le Grand,&
reprefenter l'Image & le pourtraict de ce braue
Prince, luy qui à efté plus victorieux mille fois &
plus puiffant que ce grand Alexandre, plus vail-
lant de beaucoup & plus fortuné que Cefar,luy de
qui les actions font admirees par tout les Roys de
la terre, & comparees à celles des fiecles paffez,
femblent ces hautes montagnes qui defdaignent
fouz leurs pieds les plus fuperbes rochers. Luy
quivictorieux de tãt d'Armées& triõphant de tant
fieges,de combats, d'entreprinfes & de rencõtres,

G

à conquis la France au prix de son sang, au peril de
sa vie & à la venë de ses ennemis, & dompté dans
la France les plus belliqueuses nations de l'Europe: Conqueste qui luy à donné par l'vniuers vn
loz plus signalé, vne reputation plus grande &
plus celebre, que n'en acquit Alexandre en sub-
juguant la Perse & les Indes, Cesar en cinquante
deux batailles, Marcellus en quarante, & Scipion
en la prinse de cinquante deux villes.

Car la France n'est pas vn estat de Pygmées
qui se puissent conquerir auec des armes de Gruës,
mais bien la Royne des Royaumes, le Royaume
des vrais Roys, la beauté des delices, les felicitez
& les forces du monde: Elle qui a fait teste au Romains, au Gots, aux Huns, aux Vandales & aux
Sarrazins, qui à joint à sa Couronne l'Allema-
gne, la Hongrie, Saxonie, partie de l'Espagne, la
Palestine & l'Empire des Grecs: Elle finalemët qui
a baillé des loix aux autres Royaumes, & donné
des Roys aux autres Couronnes: Admirable donques a esté la gloire & l'honneur de ce Prince,
pour auoir reduit la France en son obeissance, plus
admirable encores, d'auoir vaincu & terrassé dans
la France tant de courages martiaux & inuincibles
armez côtre luy.

Et certes il a merité plus d'honneur & plus de
gloire pour auoir rangé vn Roy d'Espagne, porté
de toute l'Europe, qu'Alexandre pour auoir sub-
jugué les Perses, Cesar les Gaules, & Pompee les
Parthes: Car ceux là auoiët affaire à des hômes qui
estoiët des Lyons aux garnisons, & des lieures aux
campagnes: Mais ce grãd Prince a eu en teste, aux
espaules & à ses costez des hommes, à qui la mort
arriue plustost que la peur.

L'Inequalité des armes & des forterefses preuue
affez cette difference: Cefar trouua fi peu de refi-
ftãce en l'vn de fes plus grands deffeins, qu'il ne fe
faut eftonner, s'il efcriuit fi hardiment, *Ie fuis ve-
nu, I'ay veu, I'ay vaincu*. Car en moins de dix ans il
acquift à l'Empire de Rome trois cent nations :
Pompee en pourfuiuant Mithridat contoit les
victoires par fes iournees, & les fieges par fes lo-
gis : Quand Alexandre eut rompu Darius en bataille il trouua tout le païs ouuert, & n'eut autre
refiftance que celle que la nature donne aux paffa-
ges des riuieres.

Mais noftre grãd Roy à conquis toute la France, à la pointe de fon efpee & par le trenchant de
fes armes, auec mille trauerfes, mille difficultez &
mille laborieux trauaux, comparables à ceux
d'Hercules, fi les fables peuuent aller du pair auec
la verité, & pource la France le reconnoit pour
fon Sauueur, fon Efculape & fon Reftaurateur : Sa
valeur luy à donné la gloire de deux glorieufes
batailles, qui ont fauué la Couronne : Sa force luy
afaict auoir l'honneur, d'auoir deliuré la France
de cinq armees eftrãgeres, & d'auoir en cent combats & autãt de rencontres, faict triompher le courage fur le nombre & le droict fur la puiffance : Et
ces armes luy ont faict attribuër le pouuoir, d'a-
uoir couppé les aifles à la fortune, affin que iamais
plus, elle ne s'enuolaft hors de ce Royaume.

Si bien que par le moyen de fa valeur, de fa force & de fes armes, par l'efclat & le brillant de fes
belles, & admirables vertus, il s'eft acquis du con-
fentement de tout le monde, ces beaux tiltres,
d'Inuincible, toufiours Heureux, toufiours Victorieux, Protecteur de la tranquilité publique, le

C ij

Reſtaurateur de l'Eſtat, l'Ornement de l'Egliſe, l'Arbitre de la chreſtienté, & les Delices du môde.

Qu'elle donques, ie vous prie, doit eſtre la Statuë, & le pourtraict qui puiſſe eſtre digne d'vn ſi grand Roy, & ſortable au merite d'vn Prince ſi puiſſant, & plein de tant de merueilles qu'il ne peut reçeuoir de comparaiſon de ſoy meſme, que de luy meſme: puis que la terre n'a iamais produict ſon ſéblable, & ne le produira iamais. Ne direz vous pas que non, vn Athos, mais meſme les Alpes, ny les Pyrenees ne ſeroient pas ſuffiſants pour en fournir la matiere, la France & toute l'Europe eſt trop petite, pour figurer cette Image, qui s'eſtend iuſques aux quattre coings du monde, Il faut dire plus iuſtement qu'Alexandre, que les victoires obtenües contre les ennemis de cet eſtat, la conqueſte de la France, & tout l'vniuers qui a tremblé au ſeul bruict de ſon nom & de ſes armes, luy ſeruiront pour mouler & former ſon Pourtraict, & ſeront l'Image de ſon pouuoir, de ſa valeur & de ſes faicts: Et que pour loüer les merueilles de ſa vie, le monde ſeruira de Theatre, la Renommee de Trompette, & l'Immortalité de Triomphe.

Car ſoit que nous voulions honnorer ſes Royalles vertus, les Mortels ne peuuent rien offrir aux Dieux que de terreſtre, & comme la terre ne peut arriuer à eſtre auſſi perfecte que le Ciel, ainſi l'honneur que nous luy pourrions rendre, ne ſçauroit en façon quelconque égaller ſon merité. Si c'eſt pour animer les courages à imiter ces belles actions, elles ſont inimitables, il eſt bien permis de les adorer, mais non pas de les ſuiure, Il n'appartiēt qu'a Iupiter de lancer le foudre, autre qu'Hercule ne peut meſurer cette cariere Olympienne, autre que luy ne peut bander cet arc, autre que luy ne se peut parer de la déspouille du Linx'autre que Thesee ne peut porter cette Masse.

Que si nous entreprenons de representer ce grand Roy comme vn autre Alexandre, ne seroit ce pas vne chose superfluë, & qui sembleroit apporter quelque déchet à sa gloire, & faire tort à sa grandeur: Qu'est il besoing de luy dôner le foudre en main? Puis que le seul renom de sa valeur & de son courage, estonne les plus vaillans & les plus courageux: puis que durant la guerre il à esté l'Aigle des armees, le Phœnix des Capitaines, le Foudre des batailles, l'effroy & la terreur de toute la terre.

Seroit ce pas folie & temetité tout ensemble, de luy tourner la veuë vers le Ciel, puis que luy mesme plein de gloire, il regne maintenât dans les cieux: Le faire appuyer sur vne Lâce, puisque toutes les armes luy font hommage, & releuent de son pouuoir leur splendeur, leur gloire & leur honneur, n'ayants appuy, ny autre support, que ce grand Roy, ne recognoissants point d'autre Dieu ny d'autre souuerain que ce brafue Mars, plus craint & plus redouté, que ne fut iamais celuy de la fabuleuse antiquité.

Mais à quel propos discourir de la structure de l'Effigie d'Henry le Grand, puis que l'œuure en est desia faicte, & qu'elle est esleuee au milieu de ce Pont. O belle Image! Excellente Statuë! admirable Pourtraict, qui se presente maintenant à nos yeux, digne subject de nos pensees & de nos considerations. Pourtraict que la Vertu & la Fortune ont dressé par ensemble à l'Immortelle memoire du grand Henry: rendant pour iamais par vn accord mutuel, sa Fortune vertueuse & constante, & sa Vertu heureuse & fortunee. Diuin Poutraict plein de mille Excellences & rempli de mille merueilles, qui excelle & surpasse d'autant ces trois du grand Alexandre : comme ce braue Roy est trois fois plus digne, & plus excellent, plus chargé de palmes & de Lauriers que cet Empereur tant renommé par les histoires.

Regarde, Peuple François, ce Tableau si excellent, & que ta veuë & ta pensee soit suiuie de l'admiration de tant de merueilles, puis qu'il n'y a rien en iceluy qui n'attire l'œil pour le voir, n'esleue le Iugement pour le conçeuoir, & ne tire l'estonnement, confuz de voire vn si grand miracle, & vn œuure si miraculeux.

Considere & admire quant & quant, comme la prouidence qui ne manque iamais à remunerer les bienfaicts & les actions vertueuses & pleines de merite, à tellement mesnagé, disposé & assemblé tant de beaux rencontres & tant de merueilleuses circonstances pour aggrandir la gloire & l'honneur, d'eu à la memoire de cet Hercules Gaulois, qui à dompté tous les Monstres de cet estat & les à banni de son Empire : Affin que ce Prince le plus vertueux qui ait esté, soit en recompense le plus triomphant, le plus honnoré & le plus glorieux.

Contemple attentiuemēt l'ingenieux project, & l'Artifice prodigieux de cette excellēte Statuë. Qu'on ne face plus de cas des Sept Merueilles du monde, des Fourmis de Callicrate, & du Chariot de Myrmercide couuert des aisles d'vne mouche, Qu'on ne prise plus tant, la Colombe d'Architas, ce Throsne ou plustost ce Ciel de Cosroë Roy de Perse, dans lequel estant assis il voioit le coucher

& le leuer des aftres & des eftoilles, ny mefme
cette Horologe d'argent, d'artifice admirable, en-
uoyee par l'Empereur Ferdinand au grand Seigneur Solyman, tant eftimee par Paul Ioue en
fes hiftoires: Qu'on ne s'eftonne plus de la Mi-
nerue de Phydias, de la Statuë de Memnon , qui
rendoit vn grand fon au leuer du Soleil , & de tant
d'autres Pourtraicts vēdus au poix de l'or, & tenus
ineftimables.

Iamais la nature na rien faict de fi merueilleux
que cette belle Image du grand Henry , il femble
qu'elle ait ramaffé toutes ces forces & efpuifé tout
fon pouuoir pour honnorer ce Prince qui merite
vn loz immortel & vn honneur qui dure eternel-
lement: Iamais l'humaine induftrie na riē inuen-
té de fi rare, de fi prodigieux & de fi eftrange, & ne
faut nullement douter que le Ciel n'ait fauorifé
cette entreprinfe, & n'ait contribué en la ftructure
de ce diuin ouurage.

Mais affin que tu prife ce Pourtraict felon fon
merite & que tu en face l'eftime que tu doibs. Re-
marque auec moy les grandes merueilles qui s'y
retrouuent, parlant feulement de ce qui paroift à
nos yeux, fans defcouurir les fecrets & les myfte-
res qui nous font cachez: Prends garde, comme
cette diuine Statuë, affin que ie fuiue le fil de mon
difcours, contient en foy par vn artifice merueilleux, tout ce qui eft d'excellēt & de recōmandable,
és trois premieres d'Alexādre, que ie t'ay propofes,
mais d'vne façon plus finguliere & plus excellente.

Ne vois tu pas ce Roy qui tient fon Foudre, re-
prefenté par fes Armes, Armes qui comme des feux
& des foudres ont rēuerfé les armeés, mis en fuitte
les efcadrons & terraffé les plus fuperbes & les plꝰ re

folus, c'eſt ce foudre qui donne l'eſpouuante au cœurs des méchants : C'eſt ce foudre qu'il lance contre les ennemis de cet Eſtat, & contre tous les ſeditieux & perturbateurs du repos public.

Mais retourne la Medaille, affin que tu puiſſe voir l'autre face. Regarde comme il jette les yeux vers le Ciel, qui n'eſt autre que le Palais, le ſiege de ſon Parlement, le lict de ſa Iuſtice & le Ciel de nos Roys dans lequel ils ſe ſont paroiſtre aſſis en leur Thſoſne enuironnéz d'vn grand nombre de Conſeillers, comme vn beau Soleil dans le Ciel: entouré de mille brillantes eſtoilles. Voulez vous de plus que ie diſe qu'il ſemble eſtre appuyé ſur vne Lance : Voyez ce baſton qu'il tient de ſa main droicte poſé ſur ſa Cuiſſe, eſtant arreſté & immobile, cōme ſe repoſant & jouiſſant de la paix, qu'il a eſtablie par tout le monde, aguiſe d'vn autre Auguſte, par le moyen de ſes armes. C'eſt ce qu'il veut ſignifier monſtrant vn front ouuert, vne face debonnaire & gracieuſe, vn regard doux & fauorable & vn port qui ne reſpire qu'amour & bſſeueillance.

Et cōme l'on voit ces grādes montagnes, qui du coſté du midy paroiſſent fort aggreables pleines de verdures, de fleurs, de feuilles & de fruicts : du coſté du Septentrion ne monſtrent que des frimats, des neiges & des glaces: Ou bien comme cet Appollon de Megare, qui tenoit la Lance en vne main, & la Lyre en l'autre : Ainſi ce grand Roy, nous monſtre d'vn coſté la terreur & l'effroy de ces armes, & d'vn autre, la bonté & la douçeur de ſon viſage: il ſe faict craindre & redouter en vne façon, il ſe faict aymer & admirer en l'autre : car comme il a eſté trés victorieux en guerre, auſſi a il eſté trés heureux durant la paix. Il eſt armé, mais pour

pour nous donner à entendre, qu'âpres auoir com-
battu l'espace de trente cinq ans, il nous à conquis
cette branche d'Oliue, qui bienheure nostre France de son ombre, au prix de son sang, & à la perte
des plus belles & florissantes annees de son aage:
Il nous faict voir son visage gracieux & benin,
pource qu'il a surpassé Trajan en bonté, & Antonin en clemence: & pour marque du doux repos
& de l'heureuse paix, dont sa valeur nous a rendu iouissants auec tant de felicité: si bien qu'il est
tout ensemble & vn Alexandre pour la guerre, &
vn Auguste pour la paix: ou bien côme ceste Mas-
suë d'Hercules, qui auoit faict naistre dans sa tige
d'Oliuier de nostre repos.

Mais ce n'est pas tout, car puisque vous auez
consideré les deux faces de cette Statuë. Ie veux
maintenant vous faire voir le dernier plan de ce
triangle merueilleux & plein de mysteres. Ne vous
estonnez pas du commencement si je compare cet
excellent Pourtraict, à cette figure imaginaire d'A-
lexandre, que Stasicratés auoit proposé de former
du mont Athos, comme vous auez veu: Lisez les
paralelles de l'vn auec l'autre, & remarquez l'analo
gie & la conuenance qui se retrouue entre les deux.

Ce Bronze qui est la matiere de cette Statuë
tant admirable, n'a il pas esté tiré des montagnes
sourcilleuses de l'Appennin, pour estre employé à
guise d'vn Athos, pour mouler & former ce Colosse merueilleux d'Henry le Grand: Colosse si
estrange que de sa baze il touche les eaux, & à son
faiste, n'a autres termes ny couuerture que le Ciel.
Il gouuerne par son regard, & semble comme te-
nir & embrasser de sa main gauche recourbee sur
l'Arçon de la selle de son Cheual, non vne ville

D

pour dix mille hommes feulement, maïs la plus
peuplee, la plus nombreufe & la plus fameufe ville qui foit fouz la voute des cieux : de la droiĉte il
vniſt auec vn court baſtô les deux bras d'vn grãd
fleuue, qui de la ferpêtãt fe va dégorger dãs la mer.

Combien de merueilles excellentes & d'excellences merueilleufes comprifes en ce feul Pourtraiĉt, à qui vous diriez que le Deſtin, ait donné la
domination & la Seigneurie de tout le monde,
comme la Vertu auoit rendu ce Prince, fon Arche-
type, Arbitre & Intendans de tout l'vniuers. Ce
Pourtraiĉt gouuerne Paris par fa prefence, Et de
Paris côme eſtant fur le milieu du Cuir il donne le
iuſte branſle à toute la terre, qui par hômage le
fouſtiẽt, & luy fert de marche pieds: l'Ocean le re-
cognoiſt pour fon fouuerain, & luy enuoye la
Seine, cette belle riuiere, qui fort de la mer & retourne dans la mer, pour rendre en paſſant la fub
miſſion deuë aux pieds de fa grandeur: fi bien que
toutes chofes luy preſtent obeiſſance & le reco-
gnoiſſent pour Empereur.

Vous vous eſtonnerez poſſible de ce qu'il à la
teſte nuë, Ioubliois à vous dire que le Lyfippo
qui à moulé cet autre Alexandre, eſtant preſt à luy
former vne Couronne, fe trouua fi coufuz au
choix, ce grand Empereur les ayant toutes meri-
tees, que craignant de faillir en l'eſlectiō, pluſtoſt
du l'aurier, que de l'Oliue ou des autres, il aima mieux luy laiſſer le chef à découuert: Ioinĉt qu'il n'y
auoit rien en terre qui fut digne de couutir & cou-
ronner cette teſte fi glorieufe, il falloit que ce fut
le Ciel qui luy feruit de toiĉt & de Couronne.

Mais plus ie confidere ce Pourtraiĉt, plus i'y
vais remarquant de belles & rares fingularitez :

Voyez ie vous prie, ce grand Roy, monté fur vn
Courfier, qui tenant le pied en l'air, faict mine de
vouloir prendre la courfe. C'eft ce brafue Perfee
monté fur fon Pegafe, qui aprés auoit dompté &
mis par terre le môftre de la Ligue, qui eftoit preft
de déuorer la France, cette pauure Andromede, fil-
le & efpoufe de tant de Roys: fe tient encores tout
preft pour la conferuer & deffendre, de tous les
affaults & furprinfes de ces ennemis. C'eft ce
grand Alexandre tenant en main la M'affe d'Hercule, monté deffus fon Bucephale, qui luy à feruy
à conquerir le monde. C'eft ce Iule Cefar, & ce
Cheual prodigieux qui auoit les ongles fenduës, &
qui luy donna l'affurance de l'Empire. Mais plu-
ftoft c'eft ce grand Dieu Mars monté fur ce genereux Courfier, comme il paruft autresfois dans les
campagnes de Thrace.

L'on à grandement eftimé ce Cheual que re-
prefenta autrefois zeuxis Peintre tres excellent,
qui eftoit fi naïfuemens peint & au vif, que les autres cheuaux hanniffoient en voyant cette fiugu-
re: Ce n'eftoit rien au prix de ce Cheual admirable
d'Henry le Grand, fi artiftement figuré, que s'il
n'eftoit efleué de la terre, ce Pont ne retentiroit
que l'hanniffement des cheuaux, trompez par cette reffemblance: auffi falloit il que le Cheual, fut
digne d'vn fi grand Caualier : Il falloit vn autre
Bucephale pour ce grand Henry, & il n'y à que
luy feul, qui le puiffe monter & dompter.

Ce font ces deux belles pieces qui rédent ce Tableau fi perfaict, & fi excellét, qu'il efblouit nos
yeux & eftonne nos iugements, Et comme on dit
que les Tableaux d'Hercules eftoient mefmes re-
doutez par le foudre: auffi iamais le foudre n'apro-

chera de celuy cy, auſſiiamais les annees, ny la lon-
ront des ſiecles qui deuorent tout, ne luy apporte
gueur aucun dommage; il ſera côme ces Autels du
Temple d'Appollō en Delos qui furent reſpectez
par Pytagore acauſe que iamais ils ne furent ruï-
nez & mis par terre.

La ſtatuë de Iupiter Olympien faicte par Phydias, fut figuree auec tât d'artifice, qu'elle eſchauf-
foit le zele de tous ceux qui la regardoient, ſi bien
qu'il eſtoient forcez d'adorer cette diuinité. Quel
ſera celuy, qui pourra conſiderer la ſtatuë de ce
Roy, tant induſtrieuſement repreſentee, ſans eſtre
eſchauffé d'vn deſir de ſa gloire, & qu'il ne ſoit
contrainct de l'admirer & l'adorer en meſme têps;
ſans doubte les Alexandres paſſant par ſe Pont feront hommage à cet Achille; les Ceſars rendront
l'honneur qu'ils doiuent à cet Alexandre; & toûs
les Roys & Princes de la terre, offriront à ces pieds
leurs Sceptres & leurs Couronnes; comme autrefois feirêt les Grecs à Berenice Royne d'Egyp-
te: auſſi eſt ce veritablement ce Roy qui ſeul merite les Palmes, & les Couronnes de Lauriers, les a-
yants conquiſes vaillamment dans le champ de la
vertu.

Voyla, Peuple François, les excellences de ce
beau Pourtraict, qui ne pourra eſtre veu ſans que
la renommee de ſes grãdes & incomparables actions ne donne des viues attaintes dans les plus braf-
ues courages. On dit que Theſee ne ſe pouuoit paſ-
ſer de parler des labeurs d'Hercules, Themiſtofle
ne pouuoit dormir quand il penſoit aux combats
de Miltiades: Les grands Princes ſentiront leurs
cœurs tout enflammez de gloire & d'honneur,
lors que voyant cetteStatuë, ils ſe repreſenteront

les victoires & les trophees de ce grand Roy.
Car côme tous les Mercures des Grecs estoiét jet-
tés & formés sur le visage d'Alcibiades : ainsi tous
les Pourtraicts des Princes & des Roys, se formeront sur celuy d'Henry le Grand.

Le Colosse de Rhodes, l'vne des merueilles du
monde, fut d'auantage admiré abbatu que débout,
quand on vit que d'vn seul de ses doigts l'on pouuoit faire plusieurs grandes Statuës: Ie dis de mesme que tâdis que l'on a veu le grand Henry, côm-
me vn Colosse des merueilles du Ciel, vn Chef-
dœuure de sa toute puissance, l'vniuers l'a admiré:
mais maintenant que l'on voit, que de ses actions
vertueuses & des moindres effects de sa reputation, par la seule consideration de ce Pourtraict, on
en peut tiret des Images perfaictes & des exem-
ples assurez, des vertus necessaires aux Princes &
aux Roys; l'admiration se change en rauissement,
& les discours en silence.

Toy donc, François, qui verras la Statuë de ce
grand Roy, la merueille des Roys & le Roy des
merueilles, qui en courage vn, Dauid fut en sagesse
vn Salomô, en zele vn Ezechias, & en la felicité de
ses jours vn Auguste Chrestien, l'Espee & le bou-
clier de la Chrestienté, l'Astre & l'Oriflambe de
tous les Roys qui ont iamais regné : honnore sa
memoire, imite sa vertu, admire son Image, & en
l'admirant, adore-le puis que viuant il a esté le vray
Pourtraict de la diuinité, qui remplissant la terre
d'vn monde merueilles, s'est rendu admirable par
tout le monde.

Et comme parmy les Romains, celuy estoit
tenu pour prophane qui n'auoit en sa maison l'I-
mage de l'Empereur Antonin : tu porteras indi-

gnement le nom de François, si tu ne graue & burî-
ne dans ton cœur le Pourtraict de ce grand Roy,
pour y conseruer à iamais la memoire & le ressen-
timent des bienfaicts dont il t'a tant gracieuse-
ment obligé; & seras mille fois plus ingrat que les
Scythes enuers le Soleil, si plein d'vne saincte affection, en reuanche des graces nompareilles, que
tu as receuës de ce bon Prince; tu n'honnore, res-
pecte & adore, celuy qu'il t'a laissé aussi bien suc-
cesseur de ces vertus, comme heritier de sa Couronne: ne te déuoyant iamais du seruice & du dé-
uoir que tu luy doibs, ains prodiguant tes biens &
ta vie pour la deffence & conseruation de sa per-
sonne Royalle. Luy qui est comme vn autre Phœnix, ressorti des cendres d'Henry le Grand; & qui
estant engendré d'vn si puissant & si valeureux
Pere, nourri d'vne si sage & vertueuse Mere, sera,
comme il faict déja paroistre, le plus Sage, le plus
Vertueux, le plus Puissât & le plus Valeureux Prince que iamais le Ciel ait produit: *fortes creatur fortibus.*
C'est l'object de mes vœux, le but de mes desirs,
& la fin continuelle de mes souhaits. Fais le mes-
mo, toy, qui liras ce Discours.

Hoc tantum manus pro munere posco.

ELOGES D'HONNEVR,

sur la statuë de Henry le Grand,
esleuee sur le Pont-neuf.

I.

TOY qui vois d'vn grand Roy l'image,
  Qui tient le monde sous ces loix :
Ne passe sans luy faire hommage,
Comme à la merueille des Roys.

II.

Vous ennemis de nostre France,
Fuyez cette image d'airain :
Car d'vn si grand Roy la presence,
Vous foudroieroit tout soudain.

III.

He! qu'est-il de besoing d'inscrire,
Tant de beaux tiltres que l'on faict,
Passant, il suffiroit de dire,
C'est du grand Henry le Pourtraict.

IV.

Braue est l'ouurier de Florence,
Qui comprend dans ce Cuiure-cy :
Celuy que le monde & la France,
N'ont peu comprendre iusqu'icy.

V.

Mais il faict tort à la memoire
D'vn Roy d'Or, le faisant d'airain :

Car ses vertus pleines de gloire,
Meritoient vn Pourtraict diuin.

VI.

Ce n'est par vn œuure de fonte,
Que ce Roy vit apres sa mort;
C'est par sa vertu, qui surmonte,
De la mort & du temps l'effort.

VII.

Ce Pourtraict merueille du monde,
Sur la Seine à bon droict est mis:
Puis que par la terre & par l'onde,
Il a vaincu ses ennemis.

VIII.

Il prend le soing de la Iustice,
Vers son Palais iettant les yeux:
Car ayant vescu sans malice,
Iuste, il est monté dans les Cieux.

IX.

Cette figure est exposee,
Du monde aux quatre coings diuers:
Car le bruit de sa renommee,
A couru par tout l'Vniuers.

X.

Du lict saffranné de l'Aurore,
Iusqu'au couchant, & du midy,
Iusques au frilleux Hyperbore,
S'espand le nom du grand Henry.

SVR LA MESME STATVE
perie dans la mer, & depuis
recouuree & mise sur
le Pont-neuf.

CE *Bronze armé, du grand-*HENRY *l'image,*
Vogant sur mer, perit dans vn vaisseau.
Mais tout soudain, Neptun' luy feist hommage,
Et l'acconduit iusqu'au bord de cett' eau.

Puis que viuant ce Roy vainquit le monde,
Et qu'estant mort, dompta ce Dieu marin.
C'est à bon droict : que l'air, la terre & l'onde,
Sont gouuernez par son Pourtraict d'airain.

E

INSCRIPTIO.

ÆVITERNE MEMORIÆ.

HENRICI. Magni. Inuictiff. Galliarum
Imp. Bello. paceq. Clariff. Pÿ.
fœlicis Semper. Aug.

Prudentia. fortitudo. Clementia. iuflitia. Pietas.
Quinquiuium. hoc. vou. femp.

Virtufq. & Fortuna.
Illius. Honori. Statuam.
Hanc. æream. pof.

Nafcentem. Pyrenæi. ad. Palum. videre. Montes.
Senfere. victorem. Alpes.
At. Gallia.
Triumphantem. heic. afpicit.
Et. illeic. æternùm. precatur.

Henricus regnis iampridèm ex hofte receptis,
Interruptam operum vafto quam flumine cernis
Extruxit molem; & mediis fe fuftulit vndis.
Scilicèt exhauftos vt Sequana marte labores
Audiat, Oceano referens, totumque per orbem;
Illius aufpiciis victricia Lilia iactet.

VARII TITVLI IN
Symulachrum aheneum HENRICI
MAGNI, Florentiæ fusum, &
Nouo Ponti nupèr impositum.

I.

Quid opus Henrico titulos insculpere ferro?
 Et signare manu pluribus æra notis?
Marmore sub phrygio satis est inscribere, Regem
 Henricum Magnum, quæ stat imago refert.

II.

Nùnc hostis fugiat, nùnc viuat Gallia fœlix,
 Hostes Henricus terret in ære Suos.

III.

Quàm màle inæquali Rex fingitur aureus, ære.
 Nam meliùs auro fingitur ipse suo.

IV.

Inuida dens fati, non conterit æra, rigescunt
 Duriùs, in longos non peritura dies.
At fama Henrici cum sit viuacior ære,
 Illi æris statuam, quid statuisse Iuuat?

V.

Suspice, qui connexa noui teris, Aduena Pontis,
 Excudit quantum fusor Etruscus opus.
Gallia, vel totum quem non capit integer orbis,
 Italus hunc paruo clausit in ære faber.

VI.

Hìc, in ponte nouo stat cypria Principis Icon,
*   In mare, quà sanas Sequana voluit aquas.*
Non alibi meliùs potuit Rex ipse locari;
*   Omnia qui terris, quique subegit aquis.*

VII.

Hic quem regificè fulgentibus exhibet armis
*   Effigies, nostri temperat amnis aquas.*
Vt potè, qui terras armisque subegit & vndas,
*   Victor vt est terris, sic quoquè regnat aquis.*

VIII.

Qui vixit sceleris purus, qui semper & almæ
*   Pacis amans, Legum gloria, laùsque fuit:*
Quàm benè Iustitiæ sacratas prospicit ædes,
*   Astræamque suo temperat auspicio.*

IX.

Ponte sub aërio, partes que ad quattuor orbis,
*   ærea magnanimi Regis Imago patet.*
Nam qui laude suâ, factisque repleuerat orbem,
*   Sub Ioue stare decet, quà patet Orbis adest*

IN EAMDEM STATVAM
mari immersam & tandèm supra
Pontem nouum erectam.
Ex Gallico.

ÆQVORA *dùm sulcat vento non ritè*
ferenti,
Mergitur hæc vndis, cataphracti Regis imago;
Quam subitò Rex, cæruleâ moderator in aulâ,
Fluminis ad ripam tutâ statione locauit.
Quid mirùm? si liligeræ fera robora dextræ
HENRICVS quondam Solis protendit ad ortus,
Occiduum que thorum: si terret mortuus vndas.
Nùm meritò terris, vndisque hæc prostat imago?

FINIS.

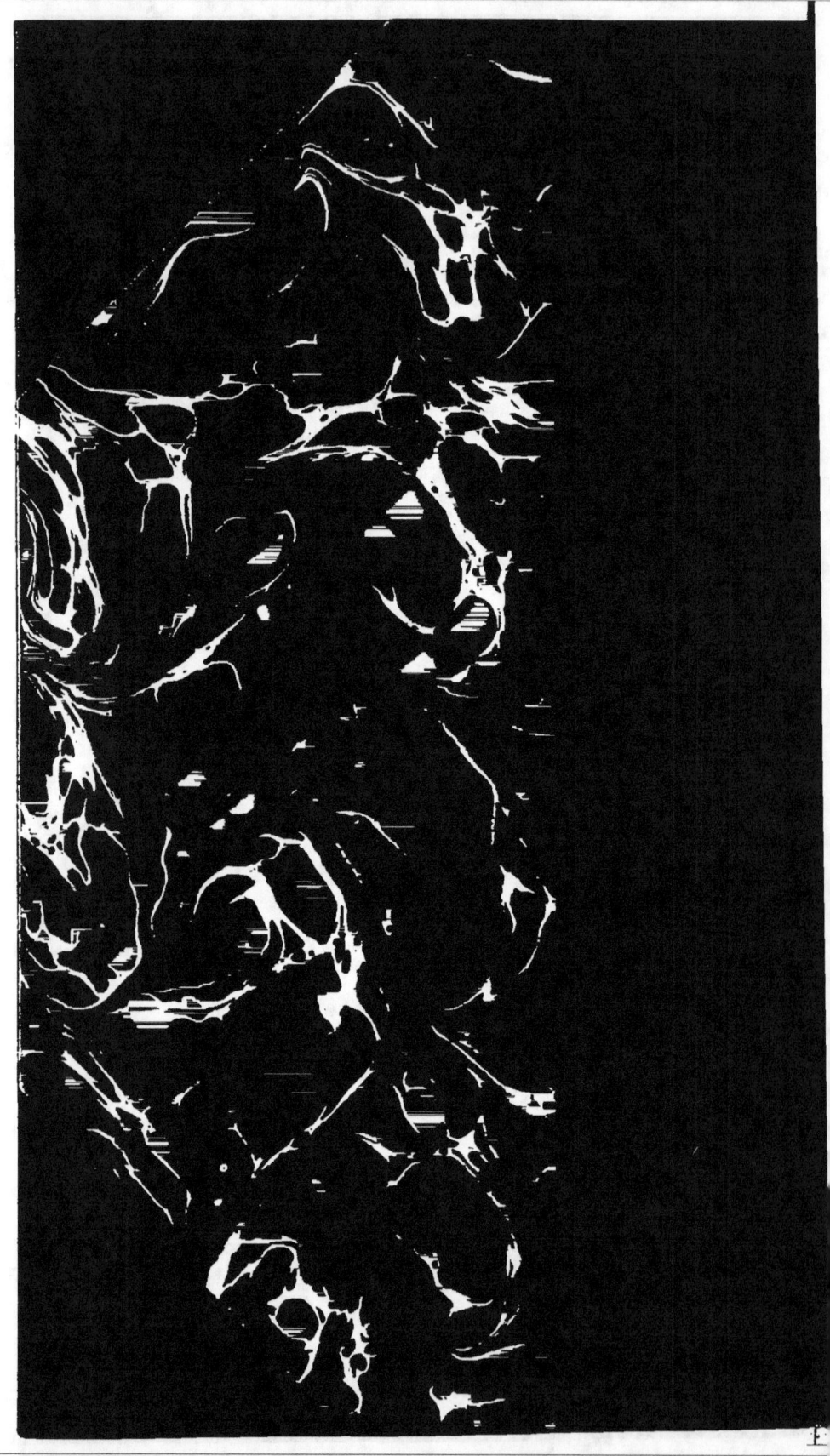

www.ingramcontent.com/pod-product-compliance
Lightning Source LLC
Chambersburg PA
CBHW061707180626
46818CB00003B/1301